AF315396

Vente du Samedi 16 Décembre 1871

A 2 HEURES 1/2

HOTEL DROUOT, SALLE N° 2

Exemplaire de Barre

TABLEAUX

ANCIENS

PRINCIPALEMENT

DES ÉCOLES FRANÇAISE ET FLAMANDE

COMPOSANT

LA COLLECTION D'UN AMATEUR

EXPOSITIONS

PARTICULIÈRE, LE JEUDI 14 DÉCEMBRE 1871

PUBLIQUE, LE VENDREDI 15 DÉCEMBRE

DE 1 HEURE 1/2 A 5 HEURES 1/2

COMMISSAIRE-PRISEUR	EXPERT
Mᵉ CHARLES OUDART	M. ÉMILE BARRE

J. Claye, imprimeur
S' Benoît, 7, à Paris

CONDITIONS DE LA VENTE

Elle sera faite au comptant.

Les acquéreurs payeront *cinq pour cent* en sus du prix d'adjudication.

———————— ❦ ————————

L'Exposition mettant le public à même de se rendre compte de l'état & de la nature des tableaux, il ne sera admis aucune réclamation une fois l'adjudication prononcée.

CATALOGUE

DE

TABLEAUX

ANCIENS

PRINCIPALEMENT

DES ÉCOLES FRANÇAISE ET FLAMANDE

CÔMPOSANT

LA COLLECTION D'UN AMATEUR

DONT LA VENTE AURA LIEU

HOTEL DROUOT, SALLE N° 2

Le Samedi 16 Décembre 1871

A 2 HEURES 1·2

PAR LE MINISTÈRE DE M° CHARLES OUDART, COMMISSAIRE-PRISEUR

31, rue Le Peletier

ASSISTÉ DE M. ÉMILE BARRE, EXPERT

20, Chaussée-d'Antin

Chez lesquels se trouve le Catalogue

EXPOSITIONS

PARTICULIÈRE, LE JEUDI 14 DÉCEMBRE 1871

PUBLIQUE, LE VENDREDI 15 DÉCEMBRE 1871

De 1 heure 1·2 à 5 heures 1·2

DÉSIGNATION
DES TABLEAUX

BEAUBRUN

1. — Louis XIV enfant en costume de cérémonie.

BELLOTTI (DIT CANALETTI)

Signé, 1772)

2. — Intérieur d'un palais italien, avec personnages.

BELLOTTI (DIT CANALETTI)

Signé, 1772)

3. Le pendant du précédent.

BÉNARD

4. — L'arrivée des saltimbanques.

BÉNARD

5. — La danse des singes.

BLAREMBERGHE

6. — La partie de campagne.

BOUCHER

7. — Paysage animé de figures.

BOUCHER

8. — Groupe d'amours, sujet allégorique.

BOUCHER

9. — Le pendant du précédent.

BOUCHER

10. — Jeune fille endormie.

BREDAEL

(Signé)

11. — Intérieur de ferme.

BREUGHEL-LE-VIEUX

12. — La chasse au cerf.

BREUGHEL-LE-VIEUX

13. — Le repas champêtre.

CANALETTI

14. — Vue du Rialto.

CANALETTI

15. — Vue de l'église del Salute et du grand canal,
à Venise.

CANALETTI

16. — Vue de la Piazzetta et de l'église San-Giorgio.

CHARPENTIER

17. — Tête de jeune garçon.

CLOUET (Janet)

18. — Portrait de Mme de Nemours.

CLOUET (Janet)

19. — Portrait du roi Henri II.

CLOUET

(École de, 1556)

20. — Portrait de Thomas Ratcliffe, comte de Sussex.

COYPEL

21. — La réception de Don Quichotte.

CUYP (Albert)

22. — Marine, effet de soleil couchant.

DAULOUX

23. — Misère et égoïsme.

DOES (Van der)

24. — Bergère gardant des moutons.

DUJARDIN (Karel)

25. — Moutons au repos.

DUPLESSIS-BERTAUX

26. — Halte de cavaliers devant une auberge.

DUPLESSIS-BERTAUX

27. — Pendant du précédent.

FERG (Paul)

28. — L'entrée triomphale.

FRANK (Le vieux)

(Signé)

29. — La célébration de la fête de saint Jean.

FYT

30. — Chien gardant du gibier.

GAEL (Bernart)

31. — Château au bord d'un canal, avec personnages.

GÉRARD (Mlle)

(Signé)

32. — L'heureuse mère.

GONZALÈS-COQUES

(Signé et daté)

33. — Portrait de Frédéric, roi de Bohême.

GONZALÈS-COQUES

(Signé et daté)

34. — Portrait de la reine de Bohême.

GOYEN (Van)

35. — Village de pêcheurs au bord d'un canal.

GOYEN (Van)

36. — Canal de Hollande avec barques de pêcheurs.

GREUZE

37. — Portrait de jeune fille en buste.

GUARDI

38. — Vue de l'église San-Giorgio, à Venise.

GUARDI

39. — Monument en ruines, à Venise.

GUARDI

40. — Vue de la place et de l'église Saint-Marc, à
Venise.

HOLBEIN

41. — Portrait de Richard III d'Angleterre.

HONDEKOETER

42. — Coqs et poules.

HUET

43. — Jeune femme assise dans un jardin et jouant
avec un épagneul.

JOULIN

44. — La balançoire.

KEYSER (De)

45. — Artiste dans son atelier.

KONING (Ph. de)

46. — Environs de Scheveningue.

KONING

(Signé)

47. — Bouquet de fleurs dans un vase et coquillages
posés sur une console.

LANCRET

48. — L'heureux couple.

LEDUC (Jean)

49. — Intérieur de corps de garde.

LEMOINE

50. — La sortie du bain.

LÉPICIÉ

51. — Le lever.

LÉPICIÉ

52. — Le coucher.

LOUTHERBOURG

53. — Le mouton chéri.

MIREVELT

54. — Portrait de seigneur espagnol.

MONI (De)

55. — Petite fille à sa fenêtre tenant un oiseau à la main.

NATOIRE

56. — Bacchus et Ariane.

NATTIER

(Signé)

57. — Portrait de jeune femme en buste.
Pastel.

NEER (Van der)

58. — Village au bord d'un canal, effet du matin.

NETSCHER (Gaspard)

59. — Enfants jouant aux dés dans l'intérieur d'un
parc.

NETSCHER (Gaspard)

60. — La tentation.

OHIER (B.-H.)

(Signé, 1780)

61. — Chevaux et vaches au pâturage.

OUDRY

62. — Le singe artiste.

PANINI

63. — Vue de monuments de l'ancienne Rome.

PANINI

64. — Le pendant du précédent.

PETERS-NEEFS

65. — Intérieur d'église, avec personnages.

PETERS-NEEFS

66. — Intérieur d'église.

PORBUS (Le vieux)

1533.

67. — Portrait de seigneur.

PORBUS

68. — Portrait de dame en costume de l'époque Henri III.

PRUD'HON

69. — Ah! les jolis petits chiens !

Tableau gravé, collection Henri Didier.

RAOUX

70. — Jeune fille tenant un oiseau attaché par un fil.

REMBRANDT

71. — Tête de vieillard.

ROBERT (Hubert)

72. — Fontaine en ruines, avec laveuses.

RUTHART

(Signé et daté

73. — Cerf attaqué par des panthères.

RUYSDAEL (Salomon

Signé)

74. — Maison rustique au bord d'un canal.

RUYSDAEL (Salomon)

75. — Village fortifié au bord d'un canal.

SAVERY (Roland)

76. — Le bon Samaritain.

SCHALL

77. — La comparaison.

SCHÉNEAU

78. — Jeune mère tenant son enfant sur ses genoux.

SCHŒWAERTS

(Signé)

79. — L'abreuvoir.

SENAVE

80. — Intérieur rustique.

STEEN (Jean)

(Signé)

81. — Scène d'intérieur.

STEEN (Jean)

82. — Intérieur de famille hollandaise.

TÉNIERS (David)

(Signé)

83. — Le jardinier.

TÉNIERS (David)

(Signé)

84. — Village au bord d'un canal, avec pêcheurs.

TOCQUÉ

85. — Portrait de dame vêtue d'une robe blanche
ornée de fourrures.

TOL (Van)

86. — Le déjeuner flamand.

VALIN

87. — L'Amour poursuivant l'Innocence.

VÉRONÈSE (Alexandre)

88. — Portrait du duc de Farnèse.

VIGÉE-LEBRUN (Mme)

89. — Portrait de l'artiste tenant en main sa palette.

WATTEAU

90. — Le joueur de guitare.

WERF (Van der)

91. — Sainte Famille.

WYNANTZ (S.)

(Signé)

92. — Paysage traversé par une route sur laquelle on
voit un cavalier et un personnage à pied.

ZIÉVEL

(Signé)

93. — Bouquet de fleurs dans un vase, fruits et nids
d'oiseaux posés sur une console.

ZIÉVEL

Signé)

94. — Bouquet de fleurs et fruits dans une niche.

ANCIENNE ÉCOLE FRANÇAISE

95. — Vue des quais du vieux Paris, prise de la tour
du Louvre.

ANCIENNE ÉCOLE ANGLAISE

96. — Portrait d'Henri VIII.

ÉCOLE ANGLAISE

97. — Portrait d'homme en costume noir avec une
collerette blanche.

PARIS — J. CLAYE, IMPRIMEUR, 7, RUE SAINT-BENOIT. — 1880.

MIRE ISO N° 1
NF Z 43-007
AFNOR
Cedex 7 - 92080 PARIS-LA-DÉFENSE

graphicom

BIBLIOTHEQUE NATIONALE DE FRANCE

****

CHATEAU DE SABLE

1995

9 782329 323244